Antología de minificción centroamericana
Aquí hay dragones

La Pereza Ediciones

Título:
Antología de minificción centroamericana
Aquí hay dragones

De esta edición: 2020, La Pereza Ediciones, USA
www.lapereza.net
Antología coordinada por: © Alberto Sánchez Argüello

ISBN- 9781623751685

Diseño de los forros de la colección:
Estudio Sagahón / Leonel Sagahón y Carmina Salas
Diseño de portada: Leonel Sagahón
www.sagahon.com

**Antología de minificción centroamericana**

# Aquí hay dragones

Este es tu mapa para recorrer el territorio
inexplorado de las minificciones
centroamericanas...

# PRÓLOGO

¿Existe la minificción centroamericana? Esa es la pregunta que me hacía algunos años atrás, cuando empezaba a encontrar el hilo rojo que conducía a la minificción mexicana, peruana, ecuatoriana, argentina, chilena, venezolana... Sabía de Monterroso, esa maravilla de escritor que tuve el privilegio de conocer en mi niñez, de la mano de las ilustraciones de Felipe Ehrenberg en una edición de lujo de la Editorial Nueva Nicaragua en mil novecientos ochenta y cinco. Pero fuera de ese gigante de la minificción, proclamado como propio tanto por Honduras como por Guatemala, no conocía mucho más. Fue hasta que Zingonia Zingone escribió su ensayo Microrrelato o Minicuento en Centro América, para su intervención en la Feria "Più Libri Più Liberi", en Roma en el año dos mil catorce, que llegaron hasta mis ojos nuevos nombres y textos de la minificción que habita este istmo. Desde entonces, me dediqué a recorrer el continente digital en busca de autores y autoras, minificcionistas contemporáneos, habitantes de ese estrecho corredor formado por seis países —aunque en realidad son siete— hasta que nos fuimos encontrando. Sus voces, nuestras voces, se encuentran reunidas en estas páginas. En ellas hemos logrado atrapar textos que rezuman fantasía desde ángulos cotidianos, sueños que se meten en la piel como una canción que ya no podemos recordar. Más allá de los linderos de estas páginas, deambulan por ahí minificcionistas que no pudimos descubrir. Pero al menos hemos logrado juntar una parte: una muestra de los dragones que habitan el territorio desconocido de la minificción centroamericana.

*Alberto Sánchez Argüello*

# GUATEMALA

**Vania Vargas** (Guatemala, 1978) Poeta, narradora y periodista cultural. Licenciada en Letras por la Universidad de San Carlos de Guatemala. Autora de los libros de poesía *Cuentos infantiles* (Catafixia editorial, 2010), *Quizá ese día tampoco sea hoy* (Editorial Cultura 2010), *Los habitantes del aire* (Editorial Cultura 2014) y *Señas particulares y cicatrices* (Catafixia editorial, 2015); y del libro de cuentos *Después del fin* (El Pensativo, 2016). También es parte de las antologías *Microfé: poesía guatemalteca contemporánea* (Catafixia editorial, 2012), *El futuro empezó ayer, apuesta por las nuevas escrituras de Guatemala* (Catafixia editorial, 2013), *Brevísimos dinosaurios* (CCE, Guatemala, 2009), y *Ni hermosa ni maldita, narrativa guatemalteca actual* (Alfaguara 2012). Trabaja como correctora de estilo.

## El sueño de los cazadores

Arrodillados en campo abierto, a mitad de la noche, arrancaron la hierba, alborotaron el polvo, cavaron con las manos un agujero más largo que profundo y lo llenaron de agua. Contemplaron un momento su obra: un agujero negro sin fondo visible en donde se reflejaba el infinito; por él, en cualquier momento, rodaría desprevenida la luna.

## El sueño de los sueños

Coincidí con la mujer en la primera esquina en la que usualmente espero que cambie el semáforo para cruzar la avenida. Su rostro me pareció familiar, y quizá porque yo la veía con insistencia me habló. *Te conozco*, me dijo, *anoche te soñé*. Yo no pude ocultar mi sorpresa. *Estábamos aquí*, le dije, *en este mismo lugar. Sí*, respondió, *y hablábamos de un sueño*.

## El sueño de los lugares posibles

Otra vez está allí, en el mismo cuarto. Sabe que cuando se voltee hacia la puerta encontrará en ella dos perillas, una en cada extremo, a la altura de sus manos. Sabe que no podrá decidirse por ninguna, que no le dará tiempo, que va a despertar.

**Marilinda Guerrero Valenzuela** (Guatemala, 1980) Odontóloga, narradora oral, escritora. Fundadora de la revista de narrativa breve y fábula *Primeros auxilios*. Ha publicado los libros de narrativa breve *Relatos de Sábanas, Escenarios de un mundo paralelo* (Editorial Letra Negra) y *Voyager* (Editorial Subversiva)

# El ojo

Despertó esa mañana y un gran ojo lo observaba al otro lado de la ventana. El iris se ensanchaba y contraía, como si fuera una cámara enfocando el objetivo. Su mirada penetrante lo intimidó. Lo tenía tan cerca, que alcanzó a ver cómo los colores de unas pequeñas celdas se encendían y apagaban, dándole color a los músculos que rodeaban a la pupila. Grandes vasos sanguíneos mostraban el paso de la sangre en la esfera blanca que rodeaba al iris. El ojo se movía lento, de izquierda a derecha, miraba al cielo y volvía a ver por su ventana. Lentamente, él se alejó y cerró la puerta de la habitación. Al querer salir de su casa, vio cómo el globo ocular se arrastró lento sobre la grama dejando un rastro líquido sobre el verde del jardín, hasta llegar a la puerta de entrada impidiendo su salida.

Entró de nuevo y fue en busca de un cuchillo. Pensó que al asustarlo con el arma punzo cortante el ojo emprendería su retirada. Pero no fue así. El ojo cerró el objetivo y envió un rayo láser directo a la columna que sostenía el techo de la entrada de la casa, causando que se partiera en dos y él por poco, quedara sepultado.

Manejar un ojo molesto es difícil. Sobre todo cuando las pupilas están dilatadas, sabes que nada bueno puede salir de eso. Llamó al trabajo y explicó su situación, no le creyeron y respondieron que llevaba muchas faltas, una más y sería despedido. No podía per-

17

mitirlo, era un buen trabajo, bien pagado y buen horario. Así que abrió la puerta que daba al jardín trasero de la casa y colocó unos cajones plásticos que le sirvieron de apoyo para saltar la verja de madera. Fue a trabajar, mientras sus jefes lo veían de forma sospechosa.

Era seguro, que no podría inventar más enfermedades ni excusas para faltar. Trabajó como de costumbre: transcripción de datos, organización de papeles, evaluación de firmas. Casi fue el último empleado en salir. Caminó despacio hacia su casa, viendo su sombra en relación con las luces de los faroles, dejó que pasaran dos buses y al tercero tomó el que lo llevaría a casa. Bajó y caminó dos cuadras. Al llegar, pudo ver que seguía allí, viendo al frente, sin moverse. Rodeó la cuadra y localizó un basurero que podría servirle de apoyo para el regreso. Sacó la basura que contenía y lo llevó rodando a la parte trasera. Se apoyó en el para llegar, de forma casi acrobática, al cajón de plástico que lo esperaba del otro lado.

Desde ese día, el ojo permaneció allí, observando sus movimientos, sin parpadear. Y la puerta trasera de su casa se volvió la entrada y el cuarto se volvió centro de reunión para observar ser observados. Las reuniones eran algo extrañas, porque cada vez que volteabas a ver a la izquierda, allí estaba, el ojo, como una cámara cinematográfica, observando una vida que hubiera deseado tener.

## Los viajes de mi padre

Mi papá se perdió entre la terminal 2 y la 5. Llamaron los de la funeraria para avisar que lograron localizar su cuerpo en Estambul. En la nota que dejó en el refrigerador decía "Fui a visitar unos amigos a México". Había decidido volver a buscarlo años después de la feria del pueblo. Entonces tenía veinte años y me fui con la decisión de no volver. Recuerdo verlo a lo lejos, montado sobre el caballo, galanteando su animal. Di la vuelta, fui a casa, tomé mis maletas y me largué de ese lugar. Hay paisajes y monotonías que crees haber olvidado hasta que te encuentras con ellas de nuevo y te das cuenta que nunca se fueron, que aún tienen esa sensación de cercanía, de familiaridad. Entré al apartamento de mi papá y aún sentí ese olor a formol. La pulcritud del lugar, el orden, los mismos libros en el anaquel de la sala. El silencio zumbó en mi oído. Llegué a la cocina y vi la nota sobre el refrigerador. Meses después, llamaron a casa. Era la funeraria que llamaba para notificar la desaparición del cuerpo de mi padre.

Cuando escuché la noticia, imaginé a mi papá rígido, negro, deshidratado, viendo fijo a mis ojos. Al parecer, lo habían atropellado en una carretera poco transitada, su cuerpo fue movido a un lado, estuvo bajo el sol varios días hasta que avisaron a las autoridades. En la morgue, rehidrataron su cuerpo y tomaron sus huellas digitales. Vieron que era un foráneo con seguro de vida en el extranjero. Lo guardaron en un refrigerador mientras llegaba el representante de la agencia a cons-tatar que fuera el asegurado. Tomó una fotografía y ve-rificaron en la computadora que se tratara de él. La cláusula de mi padre pedía el embalsamamiento, fune-ral y repatriación. No sé cuánto habrá pagado mi pa-dre por eso y por qué razón. El embalsamamiento no lo realizaron porque estaba rehidratado, solamente lo maquillaron e hicieron un pequeño funeral. Sin em-bargo, debido al incidente de la pérdida del cuerpo y el retraso en la entrega, no aseguraban el estado del cuerpo y pedían disculpas por lo sucedido. Me pidie-ron que fuera al siguiente día a la agencia del seguro para firmar unos papeles, la funeraria necesitaba la cer-teza de no realizar el papeleo por gusto. Al colgar el teléfono, seguía viendo a mi padre, no negro y deshi-dratado, sino gordo y con la vista fija en mis ojos. Lle-gué el día acordado a la funeraria y me avisaron que mi papá se había perdido entre la terminal 2 y 5 y que estaba en Estambul. Al parecer su cuerpo decidió via-jar, algo que nunca había hecho en vida. Traer a mi papá iba a tardar unos días más, pero luego llamaron para avisar que por un error en los papeleos ahora es-taba en Nueva York. Recuerdo que el siempre quiso co-nocer la estatua de la libertada, y lo imaginé en su ataúd visitando el *Empire State*. Todavía no ha venido mi padre, y los de la funeraria ya no contestan mis lla-madas. Al parecer, decidió viajar ahora muerto y pues, yo estoy feliz por él. Ahora veo a mi padre viajando, saludándome con una sonrisa, solo espero que logre conocer muchos sitios antes que se lo coman los gusa-nos.

## Pinfall (de Voyager)

Cada vez que el luchador salía al ring usaba una máscara color rojo con dorado. Se consideraba un buen luchador, decía tener técnica. Recuerdo que me dijo que la vida en el ring es bonita pero hay muchas envidias. Comenzó por el gimnasio haciendo pesas y aprendió a desgonzarse. Su primera pelea fue en Guatemala. Para entrenar, salía a las cuatro de las mañana a subir y bajar escaleras. En casa usaba otras máscaras. No podía revelar su identidad. Sus hijos lo admiraban. Sabían que era un buen luchador, no reclamaban el no conocer su rostro. Al final de cuentas, lo importante no era cómo lucía, sino lo que representaba.

Esa noche, llevaba su capa reversible y la máscara de la suerte. Subió con estilo al ring. Se tiró varias veces desde la tercera cuerda, pasó por encima de la cabeza de Tarahumara y lo agarró por la cintura para hacerlo caer. Luego lo castigó con un martillo al brazo. Y así, muchas llaves hasta que cayó. Fue la mejor lucha. Hubo otras esa noche: dos contra dos, tres contra tres, no muy buenas porque no se veía la técnica. Al terminar, el público se marchó a casa y luego de horas de plática, nos quedamos en silencio. De pronto dijo: *El Tarahumara sabe de lucha. Aunque gané por pinfall, me fue difícil lograrlo.* Le pregunté por las nuevas generaciones de luchadores y con tristeza dijo: *Las nuevas generaciones ya no saben de lucha. Ahora todos parecen zopilotes que andan planeando.* Le respondí: *Sí, zopilotes, pero vuelan.*

*Tiene razón*, respondió, *los zopilotes vuelan pero los lucha-dores luchan*.

Recuerdo cómo con mis abuelos poníamos la televisión para ver la lucha libre. Eso hice al llegar a casa. El luchador, por su lado, se quitó la máscara de la suerte dentro de su carro y se puso la máscara del regreso.

**Lorena Flores-Moscoso.** (Guatemala 1974). Cuentista. Formación Académica: Licenciada en Ecoturismo UVG, Licenciada en Letras UVG, Maestría en Educación Superior UVG, Maestría en Administración de Empresas Turísticas Universidad Santiago de Compostela Maestría en Estudios Ambientales UVG. Mamá 24/7 de Pablo Anleu-Flores. Libros publicados: *Retrato anónimo*. 2002. Editorial Espantaperros. *La higuera*. 2003. Editorial Nino. Galicia, España. Desnudo Reposo 2004. Editorial Letra Negra. *Simplemente una invitada*. 2006. Editorial Letra Negra. Editorial Catafixia 2012. *Eva y el Tiempo*. 2013. Editorial Cultural. *Nunca olvides ver el cielo*. 2015. Editorial Alfaguara. Antologías: *Mar de tinta*. 2007. Editorial Piedra Santa, Guatemala. *Si Casaca*. 2009. Centro Cultural de España. *El futuro empezó ayer*. 2012. Editorial Catafixia. Unesco, Guatemala. *Ni Hermosa ni malidita*. 2013. Alfaguara, Guatemala. *Narradores guatemaltecos*. 2013. Alfaguara, Guatemala. *Narradores guatemaltecos*. 2014. Editorial Popular, España.

## Cristiana

Cristiana era pequeñita y delicada. Su padre siempre la evitó. Para ella era una relación normal hasta que un día supo que su nombre era para él el recuerdo latente de "una traición. Hacía ocho años que a punto de dejar a su madre se enteró que ella venía en camino. Por fin llegaba el tan ansiado primogénito.

Su mujer había soñado con un hermoso varón, alto y robusto como su padre. Estaba tan ilusionado que el mismo día empezó hacer un listado de posibles nombres y de las cosas que haría con su hijo. Se llamaría Leo, como el gran Messi. Al quinto mes empezaron a celebra las patadas en el vientre del futuro campeón.

En la cuadra lo molestaban y hasta le regalaron una camiseta con el número 10 que decía Leo López. Su hijo sería un gran goleador.

El día del parto llegó y el barrio entero los acompañó al hospital. En medio de porras y vítores se escuchó el llanto del bebé. Lloraba como un campeón. La madre agotada por la labor cerró los ojos y no los volvió a abrir. Mientras tanto, el médico anunciaba que era padre una hermosa y sana bebé. Él lloraba de la rabia, la muy traidora lo había dejado solo con una niña. Una pequeña a la que llamó Cristiana y quien sería incapaz de tocar un balón.

## Simón Dice

Simón dice: media vuelta, paso al frente, al suelo, de
rodillas sin lamentos.
Simón dice: no se grita, no se llora, no se siente.
Simón dice: estás muerto

## Ronda Infantil en tiempos de conflicto

Y que nombre le pondremos, matatero lero la
Si es niña Magdalena Y Jesús si es varón.
Componte niña componte, que hay viene tu carnicero
Con ese lindo traje que parece patrullero
A llevarte hacia el altar/ o a una casa  particular
donde se lava y se plancha como en las demás
Componte niña componte, que viene tu carnicero
Agáchate y vuélvete a agachar que las niñas bonitas
se vuelven a agachar.

# EL SALVADOR

**Gabriela Velis.** Actualmente se desempeña como coordinadora nacional del Programa de empoderamiento espiritual para prejóvenes de la Comunidad Bahá'í en El Salvador. Se formó como educadora con un enfoque en educación biocéntrica y ha trabajado en distintos programas de desarrollo con énfasis en proyectos de economía solidaria y otras actividades de acción social. Otro campo de interés personal es el diálogo interreligioso, debido a su participación en distintos espacios interconfesionales nacionales e internacionales. Es columnista de la revista digital *Contrapunto*, donde comparte artículos de opinión. En cuanto a la escritura narrativa ha explorado especialmente en el género de la microliteratura y algunos de sus cuentos han sido publicados en medios digitales e impresos.

## Plot twist

En todos los libros de fábulas, la liebre siempre llega por último. Lo hace a propósito: Es más estimulante el cuento cuando la tortuga termina primero.

### El cerdito y el lobo I
Había una vez un cerdito que estaba construyendo una casita de naipes para protegerse de su propia tormenta. Había colocado con cuidado, una sobre otra, todas las cartas de la baraja y estaba ciegamente convencido de su incuestionable solidez. De pronto llegó el lobo feroz y sopló... sopló...sopló... sopló... ¡Ay el lobo cómo sopló! Sopló y resopló con todas sus fuerzas hasta quedar sin aliento... Para cuando el lobo había terminado, el cerdito estaba perplejo y tenía toda la casita de naipes desparramada por el suelo.

### El cerdito y el lobo II
Otro cerdito construyó su casa con bloques de recuerdos. El lobo llegó y sopló: Disipó los recuerdos y dejó al cerdito vacío con su realidad al descubierto.

### El cerdito y el lobo III
Este cerdito construyó su casa fortificada con ladrillos y cemento. El lobo llegó, le sopló al oído suavemente y entonces el cerdito... Abrió la puerta.

## Villanos

En el País de las Maravillas, la Reina de Corazones es la que ordena que le corten a todo mundo la cabeza. Aquí, el villano es el Tiempo: Nos somete permanentemente con una deadline alrededor del cuello.

## Espejito, espejito

El sapo no se transformó en príncipe cuando lo besó la egocéntrica Princesa, sino en el Espejo encantado. Era astuto: De esta forma, aseguró que la complacería siempre.

## Microcuento de una pasión

Se sentaba en una silla. Separaba sus rodillas para acomodarlo suavemente entre sus piernas. Acariciándolo con ternura y pasión arrancaba de su alma gemidos dulces y profundos, como nacidos del placer y del dolor. Nadie lo tocaba como ella. Conocía cómo activar sus fibras más profundas para extraer la música de su interior. Ella disfrutaba tanto con su melodía que fundía sus sentidos en la misma emoción. Esa era la vida de este viejo violoncello: Vibrar entre sus manos para cantarle la melancolía de su corazón.

## Microcuento censurado

Le daba tanta cuerda a su pasión que un día tuvo suficiente: lo ató fuertemente y... Censuraron el cuento.

**Jorge Ávalos** (El Salvador, 1964) Poeta, narrador y dramaturgo salvadoreño, también reconocido por su periodismo de investigación. Ha sido galardonado con los dos premios centroamericanos de literatura: el "Rogelio Sinán" de Panamá en 2004, por *La ciudad del deseo*; y el "Mario Monteforte Toledo" de Guatemala por *El secreto del ángel* en 2012. En 2009 ganó el primer Premio "Ovación" de Teatro de El Salvador por su drama policial *La balada de Jimmy Rosa*. Otra pieza dramática, *Ángel de la guarda*, fue un éxito de crítica desde su estreno en 2006 en el Teatro Luis Poma de San Salvador, hasta su gira internacional en 2014, que tuvo su lanzamiento en el Teatro Nacional Cervantes de Argentina. En 2014, el grupo Teatro Zebra mereció el Premio "Ovación" de Teatro por un proyecto de producción y de gira de su obra *La canción de nuestros días*, la cual también codirigió junto con Alejandra Nolasco.

## Los clásicos

Augusto Monterroso nunca olvidó la tarde cuando descubrió, en la biblioteca de su amigo Luis Cardoza y Aragón, un libro que creía perdido para siempre: *La comedia* de Aristóteles. Lo tomó con apremio del estante, sin cortedad alguna pues estaba solo. Al principio creyó que sus ojos lo engañaban. Incluso pensó que se trataba de una broma, de un remedo ingeniado para burlarse de su entusiasmo por los clásicos. Pero los detalles que saltaban a la vista parecían indicar que estaba en lo correcto. Intuyó que se trataba de una edición veneciana del siglo XVII. Acarició el lomo del libro, el cuero bruñido por el tiempo. Inspeccionó la suntuosa encuadernación con más cuidado y notó, cerca de los bordes, innumerables manchas diminutas y oscuras, ásperas al tacto. Sujetó con firmeza cada tapa del libro y lo abrió con cautela. Fue entonces cuando sintió un agudo ardor en las yemas de los dedos. El libro cayó al suelo con un polvoroso estruendo. Augusto miró, perplejo, sus manos abiertas. Sus dedos sangraban.

El viejo Luis entró a la biblioteca en el preciso instante en que el libro caía de las manos de Augusto. No mostró sorpresa alguna.

—Ten cuidado, Tito —comentó—. Hay libros que muerden.

Y con estudiado sigilo, como si ensayase su nueva profesión de fantasma, caminó hasta su mullida poltrona y se sentó para conversar un rato con su leal amigo, que lo visitaba a este lado de la muerte.

## El encuentro

Lo conocí en el cuarto de baño de un viejo hotel del centro. Se parecía a mí en lo esencial: era un hombre insignificante que vestía una gabardina gris tan deslucida como la mía. Pero fue un rasgo único lo que dirigió mi atención hacia él: no tenía reflejo.

Yo fumaba un cigarrillo, apoyado en la pared del fondo, cuando él me descubrió en el espejo. Me miró sin perturbarse. Del bolsillo de su gabardina sacó un peine, cerró los ojos y se peinó a tientas.

—No todos tenemos reflejo —dijo, al terminar de peinarse—. Es una forma de ceguera.

Tiré mi cigarrillo al suelo y lo apagué con la suela del zapato.

—No necesita explicarse —dije—. Yo sólo soy reflejo.

Él se volteó, buscándome ahí donde supuso que yo debía estar, en la pared del fondo. Le tomó un instante asimilar la verdad.

—Nadie a mi lado y nadie al suyo —dijo.

Metí mis manos en los bolsillos de mi gabardina y encogí los hombros.

—Acaso estamos hechos el uno para el otro —dije, ubicándome frente a él.

El hombre se metió las manos en los bolsillos y se acercó al espejo. Y entonces, mirándonos a los ojos con una intensidad que nadie más podría entender, sonreímos al mismo tiempo.

## Un incidente gramático

Entró una Palabra y se sentó muy verbal frente a un Sujeto español en una parada de taxis. El Sujeto, halagado por la presencia de una palabra tan exaltada, le dijo:

—¡Pero qué guapa y conjugada te ves!

De inmediato, apareció un Adjetivo muy posesivo.

—¡Conjugada sí! —replicó—. ¡Pero conmigo!

El Sujeto, alterado por el petulante Adjetivo, mostró sus puños al aire.

—¿Pero qué clase de oración es esta? —preguntó conciliadoramente un Adverbio.

Desgraciadamente, sus palabras cayeron como complementos indirectos porque el uno y el otro daba puñetazos a cada cual. Las frases se tornaron en oraciones y las oraciones en párrafos y antes de lo pensado se había armado un argumento.

Los Artículos se articularon —valga la redundancia— a favor del masculino sujeto o de la femenina palabra, sin importar si eran singulares o plurales, definidos o indefinidos. Y no falta decirlo, pero un Artículo se mostró neutral y reticente a entrometerse por *lo profundo* de sus pensamientos. Los Pronombres Personales no sabían qué hacer.

—Yo que tú, me iría con él —dijo un Pronombre reflexivo a un Infinitivo del verbo que se acompañaba con un Participio—, pues por lo que he visto, si esto se pusiese peor, esta pelea se hará plural.

Un Gerundio que andaba paseándose por allí terminó la inminente retórica cuando pudo aseverar que la Palabra en cuestión era una "perfecta pretérita". Al final, todos se quedaron sin taxis.

**Ana Cecilia (Vilá de) Lara.** Nació y creció en El Salvador. Recibió una Maestría en Filología Hispánica con especialización en Literatura y un Doctorado (español/italiano) de la Universidad de Middlebury con especialización en Enseñanza y Aprendizaje del Español, Estudios Culturales y Literatura Latinoamericana. Actualmente ella es una Profesora Titular de la Universidad de Carolina del Norte en Pembroke, donde es Directora del Programa de Lenguas Extranjeras y Coordinadora de la Licencia de Educación para la enseñanza del español. Ha sido parte del programa de inmersión de verano de la facultad de la Escuela de Español en Middlebury College desde el 2015. Autora del libro *Huellas de la guerra y la violencia en la literatura contemporánea salvadoreña* (2019)

## Antes de una competencia de corta distancia

Los minutos antes de una competencia de atletismo, cien, doscientos o cuatrocientos metros, son los de mayor tensión. El cuerpo se ha terminado de calentar y el atleta está listo para asumir la posición de salida. El juez avisa: "en sus marcas", los atletas buscan su posición asignada fijando sus pies en el bloque de salida (instrumento de soporte e impulso). En ese momento, los brazos deben de estar relajados. Segundos después, que pueden ser desde sesenta hasta ciento veinte segundos, grita el juez: "Listos", instante para tensar los brazos y dejar caer toda la fuerza del cuerpo en ellos, pues serán precisamente estos brazos los responsables de impulsar el cuerpo el cual será lanzado por los pies. Todos los atletas deberán estar totalmente estáticos antes de que el juez ejecute la señal de salida, un disparo. En ese instante el cuerpo reaccionará como un torpedo a toda marcha, donde su dinamita es toda esa adrenalina, que hasta entonces había estado acumulada. El atleta termina, pero su cuerpo todavía está en posición de salida.

## La noche y el mango

Eran casi ya las diez de la noche y la rutina que durante las últimas dos semanas había cautivado la atención de la casa iba a comenzar. El mango ya estaba pelado y preparado al estilo preferido de todos, aunque las que le daban fin eran siempre Mirna y Carmen, las mismas que estaban a cargo del comienzo de la noche. Se departía con alguna bebida que calmara lo picante y ácido de ese mango verde que iniciaba deliciosamente la noche. Mirna tenía pocos meses de haber ingresado como parte de la familia. Sus previos encuentros y experiencias con lo parasicológico le dieron un puesto muy especial ante los ojos de Carmen y Ernesto, los hermanos menores de Eduardo, su esposo.

Carmen, por su lado, había experimentado algunas ilusiones y premoniciones a muy temprana edad, pero para no asustarla, Doña Fe, su madre, se encargó de hacer de aquellos sucesos una memoria sin importancia. En aquellos días Carmen había venido con una nueva inquietud del colegio, uno de los profesores nuevos, que trataba de ganarse la popularidad de las jóvenes alumnas les había hablado de cómo hacer para que los cuerpos, tanto animados como desanimados, no pesaran. Se efectuaba casi al nivel de una ceremonia donde se empezaba colocando la mano derecha sobre el cuerpo en experimento, luego cada uno de los participantes deberían colocar la misma mano, dejando un espacio de unos quince a veinte centímetros entre cada mano, o sea, sin tocarse una con otra. Al terminar con las manos derechas se proseguía con las manos izquierdas. Después de este ritual, cada uno tenía que poner sus propias manos entrelazadas, dejando el dedo índice y el pulgar a manera de una pistola que está apuntando. Cuando ya todos estaban listos, colocaban sus manos manteniendo la posición mencionada, en ciertos puntos estratégicos del cuerpo a levantar. Se esperaba poder levantar objetos o personas de más de cincuenta libras, sin hacer el mayor esfuerzo.

Durante dos semanas estuvieron jugando de manera experimental. Cada vez querían levantar cosas más pesadas y casi cada día había alguna amiga de Carmen que venía para ser testigo ocular de tal suceso de explicación física, como decía Eduardo. Aunque no eran explicaciones científicas las que Carmen buscaba, ella sabía que su hermano tenía razón.

Fue a partir de esos días tan cargados de una especie de energía suelta, que llenaba todo el ambiente, lo que provocó que en la casa de Doña Fe se desatara algo tan grande, tan grande que sin darse cuenta ya se les había escapado de las manos. ¡Ya aquello era demasiado tarde!

Ernesto exigió que se parara con todo aquello. A esa edad él era bastante delgado y con una tez muy blanca, pero de apariencia sana. Esto lo tenía sin dormir, ¡había empalidecido tanto! El ambiente se sentía denso, iniciar la rutina de la noche ya no era gracia sino desgracia. Lo que empezó como un juego había abierto una puerta al más allá. Doña Fe tenía que enterarse. Aun sabiendo que serían severamente reprendidos, ya no se le podía ocultar lo que había estado sucediendo bajo su techo, en aquellas noches de mangos. A pesar de los días que llevaban haciendo ese juego ceremonioso, todos habían tomado las medidas necesarias para que Doña Fe no se hubiera enterado antes.

Pocos días después de que se enterara Doña Fe de lo que estaba pasando, ocurrió algo inexplicable. Lo más extraño aún, era que todos los sucesos tenían que ver directamente con Carmen. Fue cuando su madre le confesó entonces: "Tú siempre has estado cuidada por los espíritus buenos que mi abuelo solía invocar. ¿Te acuerdas de que un día te conté que él era espiritista?" Carmen no se acordaba, pero aceptó diciendo que sí. "No te asustes, tú posees el don", le dijo su madre. Carmen, confusa, sin entender exactamente qué estaba pasando, replicó: "Veo gente transparente que viste atuendos del siglo pasado, el volumen de la música se sube solo, las cacerolas bailan en el fuego cuando hierve la sopa y ahora he bajado corriendo de mi cuarto porque pensé que había un terremoto. ¿Qué me está pasando? ¿Por qué me están haciendo eso?" Doña Fe la miró con dulzura y le dijo: "Has quitado el pasador de la puerta y ellos han entrado"

Carmen entendió que su vida ya nunca volvería a la normalidad, era un proceso irreversible, la casa parecía un umbral por el que muchos entes tenían que pasar. Lo curioso fue que cuando Carmen se tranquilizó y aceptó ese nuevo estilo de vida los sucesos se empañaron a la vista de los demás. Mirna parecía presenciar las cosas, pero en realidad nunca se supo. Eduardo había influenciado en ella para que dejara en paz esos cuentos de fantasmas, como los llamaba él. No obstante, aún después de muchos años, se podía apreciar una risa pícara y confabulada entre Carmen y Mirna cada vez que alguna alma ajena anduviera rondando la casa cuando se reunían y empezaban a pelar el mango.

# HONDURAS

**Martín Cálix** (Honduras, 1984) Ha sido publicado en la revista *Mera V* (3ra. Edición Febrero, 2012), en la 1ra Antología de cuento y poesía de La fonola cartonera, Chile (2013), en el Dossier de poesía centroamericana comprometida de la *Revista hispanoamericana de cultura OtroLunes*, España (2013), en la *Revista Ombligo*, México (2014) y en la Antología de poesía *Todos los caminos* (Atrapados en azul, 2014). Ganador del XIV Certamen Internacional de Poesía Joven "Martín García Ramos", 2015. Ganador del XXX Juegos Florales de Santa Rosa de Copán, 2016. Es autor de los libros *Partiendo a la locura* (Ñ Editores, 2011, segunda edición para Casasola Editores, 2012), «45°» (Ñ Editores, 2013), *Lecciones para monstruos* (90s Plaquettes, 2014) y *El año del armadillo* (DIFÁCIL, 2016).

## Remix deluxe de una canción que cantó Mick Jagger

Alguna vez dormí ocho horas tranquilas y sin despertarme alterado en cualquier momento, gritando, porque creía no haber despertado de la pesadilla en donde una mujer me mata apuñalándome, una y otra vez en el pecho. Aunque el recuerdo de un plácido sueño en un pasado lejano se vea muy bien, siento que es la vida de alguien más, que nada de eso me pertenece, que ese yo dejó de existir hace mucho tiempo, y que ahora, éste que he sido desde que empecé a soñar con esa mujer, es el verdadero yo. Pude también haber sido un verso cantado por Jagger en *rain fall down*. En serio que lo he pensado, y cuando lo pienso me doy cuenta de lo genial que suena esa completa estupidez.

Ahora vivo en una ciudad que me desconoce por completo, eso me gusta. Desde la ventana de mi apartamento observo la ciudad, y la veo que sola, y lenta, camina la vida en direcciones desconocidas. Errante, es casi como si me estuviera viendo en el espejo. Y cuando me veo en el espejo, me quito la camisa y me dejo los jeans. Llego a la conclusión que entre más escucho cantar a Jagger, más sexy me vuelvo. Mero narcisismo, queridos. Mero narcisismo, y la incapacidad de contar una historia que más o menos sea buena. Es por eso que me escondo en lo referencial, es decir, que siempre recurro a la idea de intentar hacerles creer que he leído uno que otro libro, que sé de qué van las canciones de los Rolling Stones, cuando en realidad lo que quiero decir es que todo esto no debería tener mayor gusto que el que posee un tipo que prefiere los hotdogs con cerveza en medio de un Marathón-Motagua, aunque nunca el monstruo vuelva a ser campeón, y eso sí que me hace sentir triste.

Ya lo decía Dylan, y yo jamás le hice caso pero cómo si también yo quiero ser un Stones, y bailar una danza antigua que le de vida a la vida. Que de esta ciudad se recuerde el poder de sus caderas y los gemidos nuestros. Quiero también dejar de soñar con esa mujer diabólica que cada noche me asesina, y el problema no es que lo haga cada noche sino que no logro entender su mal gusto al hacerlo con un puñal. Dejar que mi sangre se riegue por una habitación que parece ser, según mi sueño, la habitación de un motel de camino, uno de esos lugares baratos y tan llenos de bichos prehistóricos. En este sueño asqueroso, mi sueño deluxe, siempre espero que algo más sexy aparezca, llevo mucho tiempo intentando convencer a la mujer en el sueño de que no me asesine, que vayamos a coger o a bailar, pero que no me mate.

## Max Schreck entre nosotros

Aquella escena dulce de esa mujer que juega con el gato en el inicio de *Nosferatu* provoca mucha ternura, hay que reconocerlo. Es la bella imagen de alguien que no conoceremos nunca, de la que no sabremos su nombre, de la que del amor nos imaginamos todo.

De mi madre, por ejemplo, recuerdo que cuando era niño ella escuchaba música en español de los sesentas y setentas, sin ningún tipo de pudor, es el mejor ejemplo de una ternura desconocida. Mi abuela, que dejó de hornear aquellos hermosos panes que le recordaban a su pequeño país, aquel El Salvador tan lejano, como las historias de terror que la radio nacional transmitía durante las noches de los veranos más calurosos que conocí durante mi infancia.

De la ternura no sabemos nada, de sus infinitas formas de multiplicarse en los ojos de la niñez, nada sabemos de ella y su cardinal latido que siempre nos ha invadido.

De las noches de noviembre en un 1998 cada vez más lejano recordamos poco, apenas los fantasmas que creíamos jugaban con nosotros, pero de los que jamás una certeza profunda nos habitó. En la casa de las monjas estábamos seguros que vivía Nosferatus, que él tocaba la campana de la iglesia, que él era quien caminaba los callejones oscuros de nuestro pequeño barrio durante los apagones nocturnos que el huracán nos heredó, sin embargo no era él, era Julio, el hijo quemado de doña Betty. Era aquel que para nosotros era un monstruo al que le teníamos miedo, al que ella amaba con la fiebre de un corazón solitario.

# El santo

–¿A dónde va María? –pregunta el niño.

–¡Quién sabe querido! –responde su abuela.

Y María ya no podía ir más a ningún lugar. Estática. Lenta si acaso algo podía moverla. Ella no iba a ningún lugar. El niño se acercó a la mujer, y vio su rostro entumecido. Su cuerpo ya no era más su cuerpo cubierto por la madera.

–¡María está rara, abuela! –dice el niño.

La anciana no puede más, y rompe en llanto. La sala entera se le queda viendo. Ella se lleva las manos al rostro como queriendo tapar la vergüenza. Hay un santo que sonriendo nos ve con odio desde la mesa colocada frente a María.

**Kalton Harold Bruhl** (Honduras 1976). Ha publicado numerosas obras, entre las que destacan *El último vagón* (2013), *Un nombre para el olvido* (2014), *La dama en el café y otros misterios* (2014), *Donde le dije adiós* (2014), *Sin vuelta atrás* (2015), *La mente dividida* (2014). Traducidas al alemán y francés, sus obras han sido recogidas en diferentes antologías como Antología del relato negro III, Hiroshima, Truman, etc.

Es premio Nacional de Literatura "Ramón Rosa" y miembro de número de la Academia Hondureña de la Lengua.

## Entre la niebla

Aquella tarde, mientras conversaba con Marcelo, el más viejo de mis compañeros de trabajo, logré ver entre la niebla un resplandor intermitente. Lo único que podía determinar era que se dirigía hacia el astillero.

Al definirse las formas, mi expectación se transformó en asombro. Era un enorme buque de tres mástiles. Sus velas raídas denotaban que habían soportado, quizás durante siglos, las incontenibles ráfagas del tiempo.

Interrogué a Marcelo, desconcertado.

-Es un barco fantasma –respondió–. Hacía años que no lo veía. No imagino por qué ha vuelto.

Comenté asustado que debía tratarse de un presagio. Algo terrible estaba a punto de ocurrir.

-No lo creo –me corrigió, sin darle ninguna importancia–. Sólo debe ser que el océano está recordando.

## La familia es primero

La escoge con cuidado para no equivocarse. La acaricia por un instante y la deja volar. Luego reúne a toda la familia y les pide que oren para que esta vez las cosas sean diferentes. Cada semana durante los últimos años se ha repetido la misma rutina. Su familia ya está resignada y apenas logran contener el llanto; sin embargo, él nunca ha estado más feliz, siempre rodeado por sus hijos y nietos. Noé inclina la cabeza junto a su familia e implora, de todo corazón, que nunca descubran que envenena a las palomas antes de echarlas a volar.

## Pereza

"Vaya", se dice con desgano, "lo que me faltaba". El llanto del bebé le ha hecho detenerse en el rellano de las escaleras. Se pregunta por qué ha tenido que llorar en ese momento. No se decide a regresar. El ascensor está descompuesto y hace un calor de los mil demonios. Se encoge de hombros y sigue bajando. El crío tendrá que arreglárselas solo. Además, ya no le quedan balas.

# NICARAGUA

**María del Carmen Pérez Cuadra** (Nicaragua, 1971) Licenciada en Arte y Letras, investigadora independiente de literatura centroamericana. Ha obtenido los siguientes reconocimientos: Premio Centroamericano de Narrativa Corta "Rafaela Contreras" en 2004, Premio Nacional de Poesía Inédita "El Cisne" (2008), Premio Nacional María Teresa Sánchez (Narrativa corta) 2014. Ha publicado los libros de cuentos: *Rama, microficciones* Managua: Isonauta Ediciones, 2016; *Sin luz artificial.* Managua: CIRA, 2004; *Una ciudad de estatuas y perros.* Santiago de Chile: *Das Kapital*, 2014 e Isonauta, Managua; *Parafernalia*, Ediciones Digitales 2020. Actualmente imparte talleres de narrativa corta y encuadernación para ANIDE (Asociación Nicaragüense de Escritoras) en Managua, Nicaragua y para la Biblioteca Municipal de Santiago de Chile. Estudiante del programa de doctorado en Literatura en la Pontificia Universidad Católica de Chile.

## Rama

Él le sonrió, buscó los ojos de ella. Él era ajeno desde que ella tuvo dueño. Y ella fue incapaz de sospechar la clave de aquel secreto. —¡Vamos, es hora del espectáculo, sal!—dijo el dueño del circo interponiéndose entre las jaulas. «No, *todavía no estoy lista*», pensó Rama en un lenguaje de mariposa. Pero el brote verde del deseo siguió creciendo en la esquina de su ojo ciego.

## Soy

Nada más un perro en busca de su madre. Recorro un camino muy largo, en él hay una gran cantidad de máquinas gigantes demoliendo edificios que parecen imposibles de derrumbar. Aunque el cansancio y la incertidumbre pesan demasiado en mi espinazo, solo pensar en su voz, en su olor, me inyecta de fuerzas. Al fin llego a una hacienda antigua y rural, allí hay una laguna verde, patos, tortugas y cisnes. Mi madre, que también es mi abuela, me espera en la cocina. Hay paja tibia para descansar en ella... Desperté al sentir el olor a café que preparaba mi madre en el sueño. Sigo siendo un perro.

## Día de cumpleaños

Él estaba oscuro y taladrado por el veneno de aquella triste y profunda enfermedad. —Es una fase natural de la vida, ¿no te vas a enfermar por eso?... Mira afuera—dijo mientras abría el vidrio de la ventana—las mariposas vuelan, el día brilla, hay música de pajaritos en el aire...—Y no pudo concluir, era ya demasiado tarde, él había extendido su larga, morada y angulosa lengua... y en un chasquido dividido en tres había pescado a las mariposas que ahora se volvían una masa a veces roja, a veces negra, enredándose en astillas de alas rotas, entre sus dientes.

**Martha Cecilia Ruiz** (Managua, 1972) Graduada de Periodismo por la Universidad Centroamericana UCA, ha sido reportera, presentadora y editora de radio, TV y prensa escrita, es consultora en Comunicación y Derechos Humanos. En los años noventa empezó a publicar poemas y cuentos breves. Fundadora del grupo literario Tres veces Tres. Sus cuentos y poemas se encuentran dispersos en medios impresos y digitales.

Con un libro de narrativa publicado *Familia de Cuchillos*, Kilaika Ediciones y ANIDE Ediciones Middletwon, 2016. Cuenta con varios poemarios inéditos.

Incluida en varias antologías y publicaciones colectivas en Nicaragua, México y EEUU, como: *Antología Mujeres Poetas en el País de las Nubes*. Centro de Estudios de la Cultura Mizteca. México, 2008; *De Azul a Rojo. Voces de poetas nicaragüenses del Siglo XXI*. Selección de Luis Alberto Ambroggio. Managua, 2011; *Nosotras también contamos. Muestra de Narrativa*, ANIDE. Managua, 2013. *Esta palabra es nuestra*, ANIDE, Managua, 2014; *Hermanas de tinta. Muestra de poesía multiétnica de mujeres nicaragüenses*, ANIDE, Managua, 2014; *Antología Cuentos nicaragüense de ayer y hoy*, Lacayo, Chamorro César y Valle-Castillo, EEUU, 2014; *99 Palabras de Mujer. Microrrelatos y otras especies*. Marianela Corriols Editora, Managua, 2016.

Es miembro de la Junta Directiva de ANIDE. También dibuja y experimenta con papel reciclado.

## Pájaros de cenizas

Un pájaro bebió de mi vaso. Fue cuando el agua pasaba por mi garganta que lo supe y aquel universo de la laguna de cenizas se apoderó de mí. Entonces fui dueña del cielo. Contemplé el ramillete de cráteres y lagunas llamado Managua. Y vi a una mujer en una terraza al borde.
Nejapa, de pie, solitaria, creyendo que vive, que vuela, que escribe y que al caer la tarde calma su sed.

## De la vida en redes 2

De la otra supe a través del WhatsApp donde él le decía chaparrita hermosa. Guardé silencio.
En el momento oportuno le clavé 17 puñaladas en el pecho, una por cada año de matrimonio.
Fue monstruoso, pasé tres días sin chatear a causa del dolor en el brazo.

## Cromos

Después de ponerse su máscara antigás, colocó la otra en la cabeza del bebé y derramó todo el balde de ácido prúsico en la pequeña habitación. En el juicio nadie creyó que solo tratara de teñir una sábana en azul de Prusia. No importa, ahora que es viuda el cielo luce más azul que nunca.

## El rito

En la biblioteca me confesó el sueño donde él me besaba los pezones y el ombligo. Allí lo hicimos realidad, luego me hizo repetirlo en el confesionario, para darme la absolución.

## Accidente

Perforarle el hígado fue un accidente. Ella sólo quería desarmar la banda gástrica que le financió, antes que se fuera con la otra.

## Crítica literaria

Se estremece al pensar que en algún universo paralelo, ella escribe con errores ortográficos.

## Cuerpos perdidos

Mientras espera encadenada en la cama al siguiente cliente, se ve reflejada en las noticias. Adolescente se ahoga en Corinto, el cuerpo no ha sido encontrado.

## Velorio

El viudo apuró el velorio. Le repugnaba verla en el ataúd con esa cara de reproche y cuestionamiento permanente. La misma cara que puso antes de caer al suelo, cuando le gritó: -¡Maricón, solo las mujeres matan con veneno!

## Sueño y memoria

Al despertarme toqué mi frente y palpé la sangre caliente. Por un momento sentí miedo, como si el tigre pudiese saltar de mis sueños a mi cama.

Corrí por las habitaciones buscando a mi marido muerto en las fauces del animal en aquella pesadilla.

Encontré el cuerpo desnudo en mi baño, cubierto de sangre y con los ojos abiertos. Entonces recordé que soy hombre y nunca me he casado.

## Silencio

No me atreví a decir nada, era solo un día más para lavar la sangre de mis manos. Sería ridículo hablar de mi embarazo perdido, en medio de la guerra y frente al cadáver de mi marido.

## Manual para la buena esposa

Adelántese a sus deseos. Prepare su cena favorita. Sírvale con atención y escúchelo siempre. No sea impertinente. Hornee el pan en casa. Haga lo que sea necesario para mantenerlo contento. Si nada funciona, condimente con arsénico.

## Brutalidad

Denunciaron al Gobierno por brutalidad policial, y amenazaron con un estallido social. Hubo declaraciones y condenas que señalaban su muerte como un crimen político. Sólo una dictadura lanza a las fuerzas del orden público a disparar contra un civil, gritaban en la radio.

Solamente la viuda guardó silencio. Ella sabía del queridazgo del difunto con la mujer de un policía.

## Canto decembrino para jóvenes doncellas y sus amantísimos pretendientes

Me duele el pecho, dijo la mujer en la cama. Tratá de ser normal, dijo el hombre y le dio la espalda.

Al reconocer que se acercaba su hora ella abrió su pecho y sacó uno a uno sus dolores, les hizo espacio en la zapatera, los acomodó en fila. Quién sino la buena esposa sabe que hay que dejarlo todo en orden, incluso las penas. La interrumpió el esposo, tengo sed le dijo. Ella le dio su agua. Él la bebió toda y fingió dormir.

La mujer siguió con su tarea. Del esternón abierto sacó algunos cuchillos, un pez sierra y dos o tres dientes de tiburón. Es que soy nicaragüense, se justificó ante el Ángel de la Muerte.

La sangre salió a raudales de aquel pecho abierto, colada por sus pulmones, era una sangre celeque tipo mango verde y rala como agua que sale al lavar el arroz, así le parecía sobre todo la que salía por sus pezones, por su vagina y hasta por la uñas de sus manos tristes.

Al despertar, el viudo se quejó de las sábanas manchadas, molesto. No había quien las lavara.

## Alberto Sánchez Arguello (Nicaragua, 1976)

Psicólogo, minificcionista, autor de Literatura Infantil y Juvenil. Fundador del colectivo microliterario nicaragüense y del sello literario Parafernalia Ediciones Digitales. En minificción publicó *Miniaturas voraces* con El Taller Blanco Ediciones (Bogotá, 2019) *Naufragio de botellas* con Quark Ediciones Digitales (Lima, 2020) y *Mitología mínima* con La Tinta del silencio (CDMX, 2020). Algunas de sus minificciones han sido traducidas al inglés, portugués, italiano, alemán y vietnamita Como escritor de cuento y minificción fue incluido en antología *Flores de la trinchera: muestra de la nueva narrativa nicaragüense*, del fondo editorial Soma (Managua, 2012); *Destellos en el cristal: Antología de microrrelatos*, revista digital Internacional *Microcuentista* (2013); *Latinoamérica en breve: antología de Minificción del río bravo hasta la Patagonia*, Coordinación de Extensión Universitaria de la Universidad Autónoma Metropolitana (Xochimilco, 2016); *Antología Iberoamericana de microcuento*, con la editorial Torre de papel (Sucre, 2017); *Tierra breve: antología centroamericana de minificción centroamericana* (San Salvador, 2017); *Cortocircuito: fusiones en la minificción*, colección Ficción Express de Benemérita Universidad Autónoma de Puebla (Puebla, 2017); *Los pescadores de perlas: microrrelatos de Quimera*, Montesinos (Madrid, 2019) *Hokusai: antología de microrrelatos*, Revista Brevilla (Santiago de Chile, 2019); *Antología del*

*VIII Microconcurso de la Microbiblioteca*, Biblioteca Esteve Paluzie de Barberà del Vallès (Barcelona, 2019) *Rockabilly: antología de minificciones*, La Tinta del Silencio (CDMX, 2020); *Brevirus: antología de minificciones, Revista Brevilla* (Santiago de Chile, 2020); *Minificciones desde el encierro*, Editorial Universidad de Guadalajara (Guadalajara, 2020)

Ha sido invitado al festival Centroamérica Cuenta, Nicaragua (ediciones 2014, 2015, 2017, 2019 y 2020). Invitado por la Secretaría de Cultura de CDMX y por el Seminario de Cultura Mexicana al primer Encuentro Iberoamericano de Minificción "Juan José Arreola" en Ciudad de México (2016) Fue jurado del concurso CXCIV de La Marina y el Arca de Ficticia, Taller de minificciones (2015) Ha facilitado charlas y talleres de minificción para la organización Managua Furiosa (2014) para el festival literario de la Universidad Centroamericana (2015/2016) para la revista *Cultura Libre* (2019) y para la editorial La Tinta del silencio (2020)

## Los inconvenientes de ser un narrador testigo

Pasó lo que me temía: usted ya está leyendo y yo no tengo nada que decir. Como quisiera poder describir un viaje a través de una antigua ruta serpentina, que lleva a cierto castillo, en el cruce entre Transilvania, Moldavia y Bukovina, bajo la gélida sombra de los Cárpatos, hogar de los hijos de la noche. Pagaría por contarle sobre la preciosa vista de una carretera en Colorado, que avanza Noroeste, hasta llegar a unos pinos hoscamente aferrados a la roca, que se abren para dejar lugar a un amplio rectángulo de césped verde en medio del cual, dominando todo el panorama, se levanta un hotel con ciento diez habitaciones, un jardín de setos con forma de animales y un cuarto que espera paciente la llegada de un niño. Moriría gustoso a cambio de hablar sobre las naves de combate en llamas en el hombro de Orión o los relámpagos que resplandecen en la oscuridad, cerca de la puerta de Tannhäuser. Pero no puedo. Mi rutina de darle de comer a los perros, limpiar la casa y llenar crucigramas no tiene ningún interés. Qué pena con usted. Mejor búsquese un narrador omnisciente, de esos que tienen mucho por contar y revelan la oscuridad que habita en el corazón de algún personaje sádico y complejo. Hora de servir croquetas.

## Todo lo que no fue, pero pudo ser

Tal vez la conquista de Tenochtitlán no habría ocurrido sin la tormenta que hizo naufragar el barco de Juan de Valvidia y Gerónimo de Aguilar no hubiese terminado como el traductor de Hernán Cortés, después de vivir ocho años con el pueblo maya Cocome. Tal vez el rey Humberto de Italia no habría sido asesinado, sino hubiese encontrado a su propio *Doppelgänger* en un restaurante en la localidad de Monza. Tal vez la actuación de Anthony Hopkins como Kostya en The Girl From Petrovka no habría sido tan decepcionante, sino hubiese encontrado la novela homónima de George Feifer, en una banca de la estación de Leicester Square. Tal vez aún estarías entre nosotros, si yo no hubiese entrado abruptamente en tu vida. Nunca lo sabremos con certeza.

## Confieso que he soñado

*"L'hydre — univers tordant son corps écaillé d'astres"*
Victor Hugo

Sé bien que este es un sueño que inicia con Chuang Tzu soñando con una mariposa que sueña con el Rey Rojo roncando en el bosque, que soñará a Alicia durmiendo plácida en el regazo de su hermana, transformada en el Borges de 1969, que soñó al Borges de 1918 en un banco frente al río Charles, que al despertar se percatará que usted está leyendo este texto y que yo he dejado de soñar.

# COSTA RICA

**Silvia Piranesi** (Costa Rica 1979) Escritora y bibliotecóloga. Ha publicado *No importa existe el viento* con Ediciones Perro Azul (2009) y con la editorial Germinal (2013); *Many brilliant notions* con REA Ediciones (2013) y el libro artesanal *52 poem request* con Editorial Ambigú (2015). Textos suyos aparecen en varias revistas y antologías.

## 5:30 a.m.

Me levanté temprano, como todos los días, para hacerte el desayuno, prepararte la merienda, bañarte, vestirte, peinarte. Me levanté temprano para reproducir lo que los humanos reproducen desde hace siglos para sus hijos: la mejor manzana y el mejor jabón, el agua caliente, las medias suaves, los detalles que hacen la diferencia. Pero esta mañana no se trata de vestirte bien o alimentarte bien. Esta mañana debo alejar urgentemente lo que sería una prueba fehaciente de crueldad. Crueldad ante tus ojos. No es momento para la violencia a la salida de tu cama. El panorama es gris. Miles de plumas flotando aún después de la pelea. Plumas en los sillones, en el suelo, plumas debajo de la mesa, sobre los libros. Todo metro cuadrado se convirtió, durante la madrugada, en una gran tumba. ¿Un sólo pájaro tiene todas esas plumas? Plumas en mi boca, en tus zapatos, plumas en medio de tus juguetes, en las cortinas. Tomo una escoba rápidamente, desesperada, frenética, barro velozmente cada mosaico, cada centímetro de lugar puro, temerosa de que abrás tu puerta en cualquier momento, cubierta con tu cobija amarilla y todavía dormitando, y me descubrás mintiendo: *¡feliz día de las plumas!*, te diría. Necesito mantenerte intacta. En dos minutos hay sudor pero no plumas, hay bolsas de basura pero no sangre. Respiro agitadamente. La suerte está de nuestro lado. No hay rastros de dolor, ni de pájaro, ni del felino que hoy ha mostrado sus garras. Hoy he borrado a las plumas de tus recuerdos de infancia.

## Visita guiada

Busque un lugar privado, que no haya distracciones. Necesitará de un sillón o una cama, ojalá sucia, con polvo. Si no hay polvo, utilice un incienso. Enciéndalo y acuéstese. Ya en silencio y boca arriba, ojos cerrados, escuche su respiración, eso tan particular de cada persona, el ritmo, la intensidad, los movimientos. Piense en una araña. No profundice en esa imagen, la necesitaremos después. Sólo visualícela. ¿Listo? Descártela. Reconozca ahora la fluidez, el último rincón de los pulmones donde llega el aire. Ese rincón está lejos, es un camino recto. A partir de ahora respire por la boca. Agítese poco a poco, como cuando uno se pone nervioso, entrecortando la entrada de aire, bocanadas de aire irregular, como nadar en una piscina. Agua arrítmica. Piense en el mar, en la posibilidad tan cercana de ahogarse, de que una ola sobrevenga sin anunciarse y caiga sobre su pecho abierto. Puede entrar en pánico. Es parte del ejercicio. Asústese. Entró arena por su nariz y boca, tiene arena hasta en los ojos. Logra escuchar en sus pulmones una batalla. No hay arriba o abajo, se está ahogando. Un ejército de glóbulos blancos se abalanza en sus paredes, suenan, gritan, muerden los bordes, están perdiendo. Ahora sí, piense en la araña de nuevo. Una araña del tamaño de su pecho que camina cambiando de dirección sin patrón alguno. Va, se devuelve, a la manera de las cucarachas. Teje en el fondo del camino un hilo eterno, de un extremo al otro, inundando el espacio, absorbiendo espacios vacíos de pulmones, encogiéndolos. Cada vez tiene menos pulmón y más telaraña. Hilos que cortan el poco aire que entra y lo hacen chillar. Escuche el chillido, cada vez más cerca, profundo y superficial al mismo tiempo. Es un bebé siniestro dentro de su cavidad torácica, un insecto torturado. Ahora hay que toser. Toser es silbido que aturde la concentración. Desconcéntrese, la claustrofobia del propio cuerpo es normal. El pánico del aire insuficiente es una religión. Está encerrado en ese lugar sin retorno del asma.

## Lluvia de ideas

Durante muchos años, y a raíz de mi trabajo, pienso en cómo haría para idear un buen proyecto de promoción a la lectura. Me gusta la idea de que la gente lea, lo creo necesario, importante, una razón de vida. Después de todo, para esto he venido al mundo. Así que para concretizar algo, es decir, para hacer bien mi trabajo, saco un cuaderno y hago una lluvia de ideas: Si te pagaran por leer, lo harías. La descarto inmediatamente, me despedirían si llego con esa idea. Afino la lista y defino un segmento a futuro: los niños. Eso es más aterrizado, proponer desde ya un público meta, muy profesional. ¿Qué hacer para que un niño lea? Un niño no tan pequeño sería todo un reto, ya hay algo de tardío en ellos. Además, imitar la voz del lobo funciona sólo con los más chicos. No tengo ese talento. Busco otras ideas para niños más grandes. ¿Encerrarlo en casa? ¿En su cuarto? Eso es algo. Es un comienzo. ¿Pero cómo hacer para lea mientras está encerrado en su cuarto? Debe estar encerrado para que se concentre y sobre todo no debe jugar. Pienso. Si el niño estuviera enfermo, no podría salir de su cuarto y sería más fácil hacer que leyera en esas condiciones. Aunque los niños enfermos también juegan. ¿Qué hacer? La única manera para que un niño no juegue es que tenga asma. Si jugara se agitaría, se ahogaría. Debe estar tranquilo para no morir. Listo, ¡los niños asmáticos son los futuros lectores de nuestro país! El paso número uno para empezar mi campaña de promoción a la lectura en niños es organizar el siguiente evento:

**Agua fría
de manguera**

para niños
de 7 a 9 años.

Todas los días,
de 6 a 8 p.m.
**¡Gratis!**

Te invita:
La biblioteca pública de
tu comunidad

**Diego van der Laat** (Costa Rica 1979) Arquitecto graduado de Architectural Association School of Architecture (Reino Unido, 2006). Premio Nacional Aquileo J. Echeverría 2015. Diego ha publicado dos libros de ficción corta: *Reparticiones* (Germinal 2015) y *11* (Editorial Ambigú 2015). Trabaja en Sanjosérevés desde el 2007. *Veintidós* es su segundo libro con Editorial Germinal. Vive en una casa en San José con M, A, C y Sánchez, su perro fiel.

## Simón de Cirene

11:09 am. Un nazareno, tres querubines y dos romanos son atendidos en la sombra de un palo de mango por insolación y deshidratación en la Agonía de Alajuela. Lo que nadie sabe todavía es que debajo de la túnica oscura de Simón de Cirene la energía libre de Gibbs cocina lentamente su magia. Amplificados por el potencial termodinámico de esa tela de pana gruesa y bajo el sol perpendicular del medio día, miles de fotones se absorben, se estrellan y rebotan a una velocidad de espanto. Este año, por primera vez en la Semana Mayor, la quema no será de Judas, sino del pobre Cirineo que en veinte minutos y lejos de cualquier fuente de ignición externa, prenderá fuego por una suerte de auto combustión espontánea dejando boquiabiertos y traumando para siempre al resto de los feligreses.

## Pequeño Larousse

Mi diccionario odia envidiosamente a mi enciclopedia y la observa de reojo desde el extremo derecho de mi biblioteca. No la insulta porque son doce los tomos y porque comenzar una pelea sería un suicidio, como tirarse voluntariamente a la cesta del reciclaje para reencarnar algún día en almanaque, en panfleto o periódico. Supongo que será por esto –y por otras razones que desconozco– que se queda callado y quieto. Cobarde, se limita a mirar de reojo, a contener el odio en sus doscientas palabras y en su cuerpo gordo y pequeño.

## Las dos esferas

### NUEVA HUMANIDAD
Enero 33, 2050

Sobrevivido el mal llamado fin del mundo, un nuevo día ilumina a la humanidad. La civilización habita el valle sin memoria ni registro de los eventos que le acontecieron a la declarada *humanidad pasada* o *vieja humanidad*.

El Departamento de Arqueología y Patrimonio (DAP), en el bloque primero del año 2050, realiza su mayor descubrimiento: encuentra en el subsuelo un sarcófago antiguo cuya inscripción marca la fecha 2003. Es una recámara muy pequeña, de madera por fuera y fieltro azul por dentro. Al abrir la cápsula sale una nube de polvo, como si al contacto con el aire algo se hubiera deshecho en el instante. Se redactó una nota:

*En el sarcófago se encuentran los siguientes artículos:*

*1. Globo de silicón # 1*
*2. Globo de silicón # 2*

Las dos siliconas son de un redondo moderado. Una es llevada a un laboratorio, donde se encuentra bajo minuciosa observación. A la otra se le construye un templo, lugar en el que los nuevos hombres y mujeres de la tierra se congregan semanalmente para adorar la inmortalidad de la esfera. Miles de peregrinos caminan cada año repitiendo la palabra *maamma*, *maamma*, mientras recorren largas distancias para admirar su redondez e imaginar su suavidad y su firmeza.

**Melanie Taylor Herrera** (Panamá, 1972) Violinista, escritora y musicoterapeuta. Trabaja como violinista en la Sinfónica Nacional de Panamá y explora la conjunción de la música electrónica y el violín. Como escritora ha ganado diversos premios y reconocimientos en Panamá, Centroamérica y España, ente ellos el Premio Rafaela Contreras de la Asociación Nicaragüense de Escritoras (Nicaragua, 2009), VIII Premio Internacional Sexto Continente de Relato Breve (España, 2011) y Mención de Honor en el Concurso Rafael De León-Jones de Minicuentos (Panamá, 2012). Escribe el blog "Cuentos al Garete".

## Criaturas Escritas

La sirena nigromante del tamaño de un meñique agita su cola en la cazuela mientras taciturna cavila y urde cómo saltar fuera. A su lado hay una rana dorada con pintas verdes, sumamente venenosa y aficionada a la ópera. Intenta abrir la tapa del frasco de vidrio que la aprisiona, pero la tapa se mantiene herméticamente cerrada. En un florero verde, un gnomo de la Sorbona porta un gorro rojo -de edición limitada- y profiere palabrotas, sentado sobre las últimas migajas de setas silvestres que le quedan. La cocina es un arrumaco laberíntico de ollas y frascos, cada uno con una minúscula creación contranatura. La mayoría intenta liberarse batiendo un par de alas, rugiendo o balando, pero son tan pequeños que todos sus esfuerzos sumados resultan en un zumbido.

El escritor entra a la cocina dando un portazo. Sus pesados pasos resuenan en las almas temerosas de los prisioneros. ¿A quién escogerá esta vez? Su mano atrapa a un murciélago filósofo fosforescente que intenta volar dejando destellos verdosos. El escritor sale de la cocina y se sienta a la mesa. Coloca al murciélago filósofo sobre un papel en blanco y lo sujeta con unos alfileres. Lo observa con cuidado. En la mente del escritor centellean palabras como letreros fluorescentes en la profundidad de un acuario.

El escritor pesca vocablos húmedos, morfemas y lexemas que empapan su imaginación. Toma un bolígrafo y empieza a describir al murciélago. Lo deshace y rehace con sustantivos, lo pinta con adjetivos, lo esclaviza con verbos. El murciélago se desvanece sobre la hoja y ahora reside en las palabras del escritor. Éste, satisfecho de su tarea, coloca la hoja en una abultada carpeta y sonriendo para sí abandona la estancia.

*Publicado por primera vez en 2009 en el Diario de Mallorca como parte de los microrrelatos seleccionados del II concurso Bellver de Relatos Breves.*

## Génesis

Cuando las aguas cubrieron las tierras bajas, nuestras madres subieron trabajosamente hacia las montañas con nosotros a cuestas. Ahora no hay otro lugar donde ir. Empapadas hasta la médula, con cuerpos encorvados, cansados y famélicos, ojos que reflejan la derrota, nos sueltan, nos liberan de sus regazos o de un par de brazos y nos depositan en el agua que les llega hasta las rodillas. Una felicidad sin igual nos embarga. Movemos nuestras aletas y colas gustosos, nuestros rostros humanos brillan porque el momento ha llegado. Este mundo acuático nos pertenece, somos su raza. Las humanas esperan estoicamente el fin último y la tierra vuelve a ser una masa de aguas como era en un principio, ahora y siempre.

## Psicopatología feminista

Hay quienes creen que Scherazade se casó con el rey Shahriar y colorín colorado este cuento se ha acabado. Error. Grave error. Scherezade era víctima del estrés post traumático. Así como lo oyen. Pero cómo no sufrir de problemas psicológicos después de ofrecerse como voluntaria para aplacar la ira desproporcionada de un ególatra, después de narrar mil y una noches las historias más disparatadas, de convertir a su hermana en cómplice, ocultar dos embarazos (ya entendemos porque la primera mujer del rey le puso los cuernos) y todo esto estando bajo amenaza de muerte. Lo que los copistas posteriores omitieron es que Scherazade luego de casarse con el rey tuvo la más grande colección de eunucos de Oriente. Cada noche le era llevado un joven virgen a quien obligaba a contarle un cuento so pena de muerte. La gran mayoría era incapaz siquiera de articular palabra ante la despampanante reina. Ella entonces les decía que les perdonaba y les daría una pena menor. Al día siguiente había un nuevo eunuco y la reina amanecía sonriente en la cama de su rey. ¿Alguna pregunta? Un estudiante está a punto de alzar la mano, pero luego, pensándolo mejor, la baja discretamente y con un suspiro la posa sobre la bragueta del pantalón.

*Premio Internacional Sexto Continente de Relato Breve,*
*España, 2011.*

**José Luis Rodríguez Pittí** (Panamá, 1971) Escritor, artista visual y docente nacido en la ciudad de Panamá. Educado en arte, ciencias y tecnología, ha sido profesor en varias universidades y ha desarrollado importantes proyectos culturales y de tecnología. Es autor de libros de narrativa, fotografía y textos sobre inteligencia artificial: *Crónica de invisibles* (1999); *Sueños urbanos* (2008, 2009); *Cuadernos de Azuero* (2010); *Panamá blues, De diablos, diablicos y otros seres de la mitología panameña* (2010); *El camino de la cruz* (2010); *Reggae Child* (2010); *Principios de simulación de redes neuronales* (1994, 2013); y *Visión de máquina* (1994, 2013). Su obra artística ha sido mostrada en varios países y su obra literaria ha ganado premios nacionales e internacionales. Algunos de sus cuentos han sido publicados en inglés, sueco y portugués, y forman parte de antologías publicadas en varios países. En la actualidad reside en la ciudad de Toronto.
Sitio oficial: www.rodriguezpitti.com

## [De diablos]

No puedo evitarlo. Sueño llegar de madrugada a la vieja casa en Santiago. La calle cubierta de una neblina, húmeda, estancada. Los grillos compitiendo en su canto oscilante con la vibración regular del farol que ilumina la escena como en una vieja película de terror inglesa. Un perro tinaquero pasa silencioso, perdiéndose difuminado en la noche.

Entro a la casa oscura y la luz del patio que entra por una ventana me guía entre los muebles de siempre.

Cascabeles y golpes, como manotazos, se escuchan en el patio. A lo lejos canta un gallo.

Me asomo y los veo, algunos de pie, otros sentados en viejos taburetes: un grupo de grandes diablos horrorosos discuten en su idioma infernal de bufidos y gruñidos. El olor a guarapo es intenso. Sin perder la calma me acerco al diablo más espantoso mientras el silencio se apodera de todos y, de un manotazo, le arrebato el bastón.

En ese momento despierto agitado con la imagen de los pies de ese diablo mayor: no usa zapatos pues tiene pezuñas, patas de animal.

*Tomado del libro*
*De diablos, diablicos y otros seres de la mitología panameña*
*(Panamá, 2010)*

## [Sueño de primavera]

Sale el pulpo de su hueco rocoso, incitado desde adentro por una fuerza, una necesidad, inexplicable. Nada un rato, contrayendo ingeniosamente su cuerpo complejo, buscando. Cerca de la orilla ve a la mujer flotando desnuda, gozando tranquila del roce suave de las olas, de la fina espuma, de ciertos gestos que son desconocidos en el fondo del mar.

Pero la naturaleza, a veces extraña, siempre objetiva, da a sus criaturas para sobrevivir algo más que un ciego instinto.

El animal observa atento, aprende, por un momento se llena de conciencia y decide. Se infla y súbito se dispara, envolviendo a la perfección a la mujer que, lánguida, lo acoge sin lucha. Un gemido ocasional, docenas de ventosas que succionan la suave piel con delicada fuerza, un temblor creciente, las manos que se aprietan con pasión a dos de los tentáculos.

La tinta negra cubrió toda la escena, y cuando desperté mis manos teñidas olían a mar y a primavera.

*Tomado del libro Sueños urbanos (Panamá, 2008)*

## [Piel de tigre]

En el suelo de mi cuarto está la piel curtida de un gran gato americano. No sé quién, ni porqué, cometió la gran bajeza de quitar la vida a tan noble felino. Le arrancaron la hermosa túnica veteada, que en vida le sirvió de guarida contra el frío y la humedad, y de cuartel en la caza entre la maleza.

La curtieron por tres meses con mangle y agalla, y la secaron al salobre viento de este desierto creado por los hombres. Y aquí está. Una parte de aquel magnífico tigre, que mató grandes vacas y veloces venados, desgajándoles el cuero con sus afiladas garras y colmillos. Hoy está aquí, a mis pies, aquel que un día fue el terror, capaz de ver en la noche, oler a la distancia y oír lo inaudito, aquel cuyo olor fue miedo y su grito muerte.

Aquí, en mi propio cuarto, yace en el suelo la piel del jaguar que algún hombre mató de un ruin y cobarde tiro de escopeta.

¡Qué desperdicio! ¡Qué falta de conciencia! Tanta belleza la de la suave piel moteada de ese esbelto y ágil animal, y hoy sólo es una infame e indigna alfombra.

Sus ojos, nariz y oídos ya desaparecieron, pero aquí, en su antiguo abrigo todavía quedan los orificios. Y aún asustan. Igual que aún atemorizan las grandes patas que conservan los enormes hoyos que una vez penetraron sus agudas garras.

No sé qué hacer. No puedo dormir en esta madrugada, pues me parece que el alma del tigre aún puede acechar en la noche. Y su piel está aquí. Y la toco levemente y la acaricio con fascinación. Ahora es dura, pero qué suave y flexible debió ser cuando corría libremente cubriendo a su dueño.

Y mientras le paso la mano por encima, esta se me vuelve de color pardo. Y se ve hermosa, pues está moteada como la piel del felino que inútilmente murió hace quién sabe cuánto.

Es tarde. Es de noche y el aire entra por la ventana cargado de olores. Siento hambre y una feroz necesidad de salir a correr sigilosamente; siento la angustia del encierro y la ansiedad del vasto monte, el anhelo de ser libre.

Debo salir ya, mi piel es parda y moteada y aunque la lámpara se ha roto al caer, aún veo bien. Y los olores me excitan y los sonidos me llaman. Y mis garras son filosas y mis dientes puntiagudos.

Afuera ha de haber un venado que ya se agita nervioso porque voy por él.

*Tomado del libro Crónica de invisibles (Panamá, 1998)*

**Lilian Guevara** (Panamá, 1974) Autora de *La debutante* (Panamá, 2016). Realizó estudios de Filosofía de la Universidad de Panamá. Es investigadora social y por catorce años ha dirigido proyectos de democracia y diálogo político, movimientos sociales, género, juventud, integración regional y desarrollo sustentable, comunicación alternativa y fomento cultural. Tiene el blog "El desquite" (lilianasecas.blogspot.com).

# Germán y el Kremlin

Mi interés por viajar surgió por unas imágenes que vi en un libro de mi tía cuando estaba yo muy chica. Una de esas imágenes fue la del Kremlin. Como los únicos constructores que yo conocía eran los albañiles de Atalaya, me rompía la cabeza preguntándome cómo es que se podría construir cosa semejante. Ni Augusto el de Choya, ni el difunto Germán Caballero, que era el mejor albañil del pueblo, habrían podido con su reumatismo encaramarse allá arriba y hacer unas torres con esas piruetas encima que parecían unos gorros torcidos y puntiagudos. Varias veces me paré frente al viejo Germán mientras éste le repellaba el portal a mi abuela. «¿Qué quiere la niña?», me preguntaba. Pero yo no respondía. Con los labios apretados, aferraba contra mi pecho el libro con ganas de contarle que había descubierto una ventana a otro mundo y que muy lejos debía haber unos albañiles extraños que encima de las casas hacían torres con piruetas de colores que parecían girar en ascenso al cielo con sus gorros puntiagudos. «¡Esta niña es muda!», le gritaba Germán a mi abuela. «¡Ella es así, Germán, déjela en su mundo!», y yo seguía viendo a Germán, con su reumatismo, encaramado en el cielo de San Petersburgo repellando el Kremlin.

## Cometa Halley

A finales del verano de 1986, mi hermano Pacho de 14 años me subió en sus hombros para que yo pudiera estar un poco más cerca del cielo, y aquella madrugada contemplamos juntos el paso del maravilloso Cometa Halley, que le da la vuelta al sol cada 76 años. Ya entrando a clases, el profesor de Geografía de mi hermano preguntó si alguien tenía algún familiar vivo que hubiese visto el cometa en su paso anterior. Mi hermano levantó la mano:

—Mi bisabuelo va con el siglo y tenía 10 años cuando el cometa pasó la vez anterior.

El profesor atravesó el aula, se paró junto a mi hermano a punto de condecorarlo y dijo a la clase:

—Vean esto, tenemos aquí un caso extraordinario: el bisabuelo de este joven ha logrado ver el cometa dos veces.

—No profesor, solo una vez —dijo mi hermano.

—Pero, ¿cómo? ¿No me dice que está vivo?

—Sí, pero ahora está ciego.

El profesor reprendió a mi hermano por tomar en broma algo tan serio. Pero nunca hubo algo tan solemne como aquella última vacación en la que mi hermano tomó la mano de mi abuelo Pedro El Ciego y, llevándole la punta de los dedos por el aire, le describió en detalle la alineación de las estrellas y el infranqueable paso del cometa, mientras Pedro Guevara abría al cielo sus ojos blancos buscando en el universo de la

mente esos millones de luciérnagas en su oscuridad in-
finita.

## Solo los mejores

Jamás un hombre había logrado romper mi soledad. Deslizó su mano por mi espalda. Me aferró por la cintura y pude sentir sus latidos fusionarse con los míos. Nuestros cuerpos se agitaban, sentí miedo, pero él era fuerte y determinado y logró encender mi fuego. En unos segundos nuestras piernas ya se abrían paso. Me dejé llevar. Nuestros sentidos eran más agudos pero volcados hacia nosotros mismos. Antes de que me diera cuenta, él me levantó en horquetas a la altura de sus caderas, frente a frente. Me incliné hacia atrás y me dejé caer al infinito. Giramos, hervimos y sudamos sin tregua. Cuando terminamos me quedé un momento en el piso de rodillas, con el pecho agitado y las mejillas hirviendo. Poco a poco regresamos del éxtasis y al levantar la vista, todo el jurado aplaudía de pie frente a nosotros: «¡Bienvenidos a la academia de salsa de Nueva York!»

# ÍNDICE